JN253402

雨模様、晴れ模様

林田悠来　詩集

Hayashida Yuki

コールサック社

詩集

雨模様、晴れ模様

目次

第Ⅰ章　こころ模様

生活支援センターの一日　8
精神疾患　10
桜　12
恐怖　14
開放病棟　16
脳内物質　18
夜明けの病棟　20
精神病棟24時ＰａｒｔⅡ　22
秋晴れ　24
雨の予感　26

第Ⅱ章　人間模様

雨　30

雪桜　32
父逝って　36
たんぽぽ　38
丸さん　40
マルさん　42
初夏　44
開店前　46

第Ⅲ章　社会模様

ひ・み・つ　50
危険な法律　52
月　56
原子の祈り　58
大いなる希望　60

情熱　62
揺れる地球　64
地球高熱化　66
心の闇　68

第Ⅳ章　エッセイ

奮闘したＰＳＷ　72
躁鬱《そううつ》病（双極性障害）　75
集団的自衛権　78
解説　傷から生まれた虹　佐相憲一　84
あとがき　92
略歴　94

詩集

雨模様、晴れ模様

林田悠来

第Ⅰ章　こころ模様

生活支援センターの一日

仕事がある人と仕事がない人がいる
朝、ぽつりぽつりと人が集まりだす
来るも来ないも自由だ
朝礼の後、ラジオ体操
そのあとカリキュラムがあり、出るも出ないも自由
ピア・カウンセリングや調理、メイク、新聞を読んだり
研修旅行に行ったりもする
カリキュラムがないときは
一人一人が思い思いのことをする
麻雀をする連中もいる

職員が相談にものってくれる
昼は食事の後、ストレッチ体操がある
夕方には一日の振り返りがある
時にはボランティアの人が話し相手になってくれる
ここは心に傷を負った人たちの憩いの場なのだ

精神疾患

生活支援センターには様々な人が　集る
仕事を持つ人持たない人
みんな、どこかに精神疾患を持っている
でも、こうした世の中
傷を受けない方が異常だ
なんて思ったりもする

世の中の害を受けやすいのだろうか

神経の太い人が多い中で
傷を　受ける

精神疾患を
持つ人が
才能を発揮できる
そんな世の中にしたい

桜

桃色に咲く絨毯のような
長瀞《ながとろ》の
花は
いつもと違う

石畳で
転んでしまい
ナースが
駆け付けてくれて
絆創膏を貼ってくれる

作業療法の
一環なのだ

恐怖

暗闇に落ちる迫りくる死の恐怖
命が胸をかきむしる
病気からくると分かっていながら
どうすることもできないでいる

セルシン*を飲む
少し落ち着く

薬に頼りながらの生活に嫌気がさす
明日の道を探りながら

生活の嫌気をなだめる

病院を替えた
少しでもいい診療を受けたいと
迷いながらたどりつく

住宅街の一角にそれはあった
新しい医師にすべてを託しながら
病気と格闘していく

＊セルシン……抗不安薬

開放病棟

病院の時計は饒舌だ
時間通りに配膳が来る
食事を終えてしまえば
外出してしまうものもいれば
外泊してしまうものもいる
そういう意味ではとても自由だ
だがなぜか紐類、
ラジオのイヤホン、携帯電話のアダプターまで
没収されてしまう
矛盾に満ちてはいまいか

開放病棟のナースさんたちよ

脳内物質

脳内の神経伝達物質のセロトニンとノルアドレナリンの
量が減って
それで鬱病が発生するという
毎日毎日辛い日々
何をするのも億劫で
外に出られなくなるこの辛い病気は
治ることもあるという
だが、長期にわたって続くと
仕事さえ休まざるを得なくなる
時には退職までしなければならない

そんな重い病気だ
国内に約一〇〇万人が鬱だという推計もある
脳細胞の動きだけで
そんな苦しみを味わわせられるのは嫌だ
脳細胞をどうにかする技術を開発してほしい
いつの日にやって来るだろうか

夜明けの病棟

五回目となる入院生活
部屋の仲間と交流ができるようになり
部屋の外にも友人ができた

〈俺、前科○犯なんだ〉
〈なら務所から送られたな〉

寝るのはいたって早く
九時には消灯だ
これでは早く目覚める訳だ

病室の灯りが点るまでの間に
どうやって過ごすかに頭を悩ませている
夜明けの病棟は
寝しずまった空間のオアシス
いつ退院できるかも分からぬ
その閉鎖病棟に
今日も新たな一日が明けようとしている

精神病棟24時ＰａｒｔⅡ

朝六時にはきっかり灯りがともる
七時半には食事だ
八時には薬が配られる
十時には作業療法が施される
十一時半には昼食だ
十二時にはまた薬
十三時には月水金と入浴がある
十四時には作業療法がある日もある
十七時半には夕食だ
十八時にはまた薬

病院の夜は短い
二十時半には寝る前の薬
二十一時には消灯だ
入院生活は暇なようで忙しいものだ

秋晴れ

一昨日まで
苦しくて海底に沈んだように
号泣する日もあった
死にたくなった日もあった
電車に飛び込みたくなった日もあった
だが今日は活動的になり
多弁になった
こんなジェットコースターのような人生を
いつまで歩まなければならないのか
暑い夏が終わり

急に涼しくなった日
直前まで
朝も起きれずにいたというのに
夜の一時には起き出して
新聞を読み始める
会合に出ると急に多弁になった
翌朝も三時には起き出した
躁と鬱
鬱の日は自分が苦しくて
周囲が理解できずにいる
躁の時は
周りに迷惑をかける
今日の秋晴れのように
透き通った
気持ちでありたい
いつまでも

雨の予感

午前の晴れが急に変わって
曇り始めた
雨の予感

自分の部屋へと
自転車で帰る
自分の将来にも
雨の予感がして
不安でならない

部屋に着くと
雨がぱらぱら降り始めた
部屋で横になり
不安に駆られながら
体を回転させる

しばらくすると
天気は変わり
晴れてきた

自分の人生は
いかなる変化を遂げていくか
予想ができたらと
思うばかりだ

第Ⅱ章　人間模様

雨

じとじと
雨が降る
どうにも
ならない
この雨よ
心の底に
沈殿する
雨の心に
苦しくて
辛さ極り

号泣する
非常にも
自死心に
充満する
死を選び
去りゆく
妥協して
生き抜く
どちらに
するにも
辛い世だ
じとじと
雨が降る
じとじと
雨が降る

雪桜

桜が咲く河川敷を
母と二人で歩く
残された半生で
何度こんな光景を
見ることができるだろうか

桜が咲く
白い雪のように
淡い桃色がかった
花びらが舞う

桜はひらひらと
蝶々のように
舞い散ってゆく
桜は一斉に咲いて
一週間ほどで
慌てたように
散り去ってゆく
後には
地に落ちた花が
ごみのように
人間に掃かれてゆく

葉桜もまたいい
春がこれから
始まることを

知らせてくれる
桜は
いろいろな形で
命の儚さと
尊さを
教えてくれる

父逝って

父が逝った
僕ら心の病を抱えた３人の兄妹を残して
僕は何の情も湧かなかった
なぜなら父からＤＶを受けていたからだ
なんだその口のきき方は
と言って父は僕を殴った
何だその態度は
と言って父は僕を蹴った
後から知ったのだが
ＤＶは兄の僕だけでなく

妹も受けていたというのだ
なのにいざ焼き場に行くと
妹は泣いた
遺体を焼く前の瞬間に
妹は泣いたのだった

たんぽぽ

公園にきれいに咲いたたんぽぽ
あちこちを黄色く
鮮やかに彩っている
踏まれても踏まれても
背筋を伸ばし
太陽に向かって
咲きそろうその姿から
雑草精神を
学ぶことはできる
雑草という草はないと

昭和天皇が言ったと聞いた
まさしく雑草に入らない
その姿は
雄々しく
すがすがしく
健やかに
咲いている
まるでライオンのように
たてがみを立てて
颯爽と立っている

丸さん

突如呼ばれた丸山あつしさんが
先日、静かに息を引き取った
急なことだったという
前日まで会誌「新しい風」の準備にかかっていた
その他詩画集やノーウォー展への参加
この冬には詩画集の展示会を企画していたから
その行動力の高さが思いやられる

あの元気な丸さんが見られないというのは
残念でならない

会誌の発行は丸さんの力なくしては
できなかったに違いない
奥さんからも丸さんと呼ばれていた丸さん
忘年会やバーベキューをさせていただいた
晩年を茨城県鉾田市で過ごされた丸さんにとっては
幸せだったに違いない

マルさん

横浜の
港の見える丘公園の
すぐそばにあるミュージアムで
詩と絵をコラボした展示会が開かれた
それは詩人でもあり画家でもあった
丸山あつしさんの残された集大成であった
これも今では遺稿となってしまったが
この展示会の元となった「詩画集大成」
多くの詩人の詩と画家の絵を組みあわせた
その本はまさしくマルさんの

大傑作品となった
丸山さんを偲ぶ会も開かれた
詩人と画家が大勢集まった
私が書いた詩に奥さんが返信をくれた
ご夫人にとってマルさんはとても大きな存在だったのだ

＊「マルさん」とは、夫人の呼び方（表記）による

初夏

季節がぐんぐん上がり
太平洋側からぐんぐん高気圧が北上する
川の水面に鳥がすいすい群をなして泳いでく
川岸を子供がはしゃいでる
ツツジの花が群れ咲く
太陽が45°の角度から照りつける
体から降りる影は短い
気分もぐんぐん上がってショートしそうだ
つい数ヶ月前までは冷たい北風が
吹いていたというのに

そんなの嘘のように
緑の葉が萌えている
本格的な夏の訪れを
感じさせる
でもその前に憂うつな季節の到来を
予感させる
そんな現在《いま》の陽気なのだ

開店前

モップを持って
真っ暗な店内を
つーつーと歩く
店の中にはありとあらゆるものがある
グリル　電灯　ペットフード　カーテン
文具用品　白髪染め　紙パンツ　花
電動工具　金具　土　石
プカプカ
（メダカが泳ぐ水槽の音）
ブーン

（温水便座のふたが自動的に上がる音）
ピカー
「光ることで防犯　ピカーと光る　これで一発
　撃退　光ることで防犯……」
同じことを延々と繰り返す

ほうきを持って掃く
ドンドン
ガー
プープープー
（トラックがバックする音）
ウンガー　ウンガー
フォークリフトが腕を持ち上げる
バックヤードでは
品物が次々にトラックで到着し

台車で続々と運ばれている
「開店三十分前です。今日もお客様にたのしんで
いただけるよう開店準備を致しましょう」のアナウンス
開店前から
店はすでに動き出している

第Ⅲ章　社会模様

ひ・み・つ

ひ・み・つ

きみとのひみつ
あなたとのひみつ

ゆびきりげんまん
うそついたらだめよ

ゆびきった

でもよく考えたら
ひとからえらばれたひとたちが
勝手にひみつを使ってる

それっていいの？

ひ・み・つ

そのひみつが
僕らをないがしろにして
恐い世の中を作っている

＊二〇一三年十二月、「特定秘密保護法」成立。

危険な法律

戦争を平和と置き換え
危険を安全と言い換える
法律が今
国会を通り抜けてしまった

市民の目は国会に向けられ
「安倍よやめろ」
「戦争法案絶対反対」などと叫ばれ
国会議事堂の周辺に何万もの民衆が寄り集まる
雨の中若い人たちから高齢者に至るまで

普段政治に関心を持たない人たちが
戦争の体験がない人たちが
自分の生活で精いっぱいな人たちが
危険な兆候を
見過ごすまいとしている
すさまじい勢いで反対運動を続けている
自分も　ノー・ウォー展に参加して安保法制反対を叫んだ

戦争は相手を仲間だと思わないこと
この世に敵なんていないと
信じないこと
地球という小さな星で
わざわざ争いを繰り返し
多くの無辜《むこ》の住民が何のいわれもなく
犠牲になっている

そうした紛争に
日本が巻き込まれないようにするには
いかに憲法９条を
守っていくかしか方法はない
それ以外
道はないのだ

月

月から炎が吹いている
月は地球の引力で動いている
もしかすると
地球の汚れた空気が
月に届いているかもしれない
原発の大気も届いているかもしれない
だから宇宙探索よりも
月の詳細なデータを集めねばならないのだ
月が地球の大気によって汚染されているなら
逆に月の汚染状況を知らねばならない

なのに宇宙の探索者は
火星だったり、冥王星だったりを探索して喜んでいる

月から炎が吹いている
原爆から発する汚染された空気や
水爆から発する汚染された空気のように
ただ少数の為政者が自らの国家の威信をかけて地球を壊している
国民を安全神話で騙しておいて
非常事態に落としておいて
心の傷をかきむしっておいて

「民主主義」国家の
民主主義にそぐわない
為政者らによって
国は二重の愚かさに堕ちている

原子の祈り

あれから何年経ったのだろう
原子の残骸が
東京湾にも流れ込んでいるという
原子の祈りは届かないのか
地震と津波によって
破壊され
多くの周辺に
まき散らされた
原子の灯
多くの人を

山を
川を
海を
汚染させた
原子の灯
これからも原子の灯との戦いは続いていく

大いなる希望

青い空にはいつも輝く太陽が
僕らを照らしている
わたしたちの
僕らの胸には
いつも輝く太陽が
見守り続けている
夜には月や星が
僕らを見守っている
無限に広がる宇宙が
僕らの探求心を

かきたてる
世の中には
激しいどとうのような
津波が押しよせてくるときも
かんぷうが吹きすさぶ日も
あるだろう
だから僕らは手を取り合って
生きて　生きて　生き抜こう
それはさきに逝った
人たちも見守っているからだ
大いなる希望を
燃やし続けよう
空高く舞い上がる日が来るために

情熱

永田町に集まった
多くの人の波
忘れてないか
その時の熱気を
老いも若きも
主張を大声で
国会にまで
響けとばかりに
大きな音で
ドラムを打ち鳴らしていたっけ

さあ、その時の情熱を
今こそあらわそうではないか
今度は声でなく
その手を使い

この国の未来は君の手にかかっているんだ

揺れる地球

突然の夜中の地震
目が覚めていた僕は
そっと毛布を頭からかける

よいことに小さくて済んだが
いつ巨大な地震が
起こるともわからない
怯《おび》えながら今日も　生きる

政府が

地震に強い国土を作ることを祈りながら

地震　津波
揺れる地球
揺れる僕

二度と同じ目にあわないように祈りながら
今を　生きる

地球高熱化

暑い
今日も暑い
地球上は
どんどん
暑くなっている
海水が溶け出し
沈む島もある
誰も避けようのない地球高熱化
＋２℃で止めることが
必要とされている

なのに何故
世界は
一つになれないのだろう
もうすでに農業には
被害が出てきている
ロシアの凍土が蒸発し
地球高熱化が原因とされている
もはや〝地球温暖化〟とは
呼べない領域まで来ているのだ
多くの台風に襲われ
日本中が亜熱帯のような気候になっている
このような気候の変動は今
世界的な現象になっている
地球自体が壊れたヒーターのように
火を噴き始めている

心の闇

闇が広がる空間に
一つの涙をたたえて存在する
それが地球
青い海に囲まれ
薄い大気に包まれ
その中には動物と植物がいる
ところがその中に
野蛮な動物がいる
それが人間だ
獰猛な動物

同じ種を殺しながら
それを平気で正当化している
人種や国家、宗教の違いだけで人を殺す
それが全く関係のない
庶民であってもお構いなしだ
その一人でもある
僕は大いに恥じる

第Ⅳ章　エッセイ

奮闘したＰＳＷ

私は、躁鬱病で入院した。そこで大活躍してくださったのがＰＳＷ（精神保健福祉士）の木村さやかさんだ。私が障害年金に入っていなかったことに気付いて、すぐ手続きを始めてくれた。私に、これまでどの病院に通院していたかを話させて、すぐにすべて調べてくれた。そして初診の病院に行って診断書を書いてもらうように指示してくれた。近くにあった年金機構にも行って手続きをするよう言ってくれた。結局は、自分でやったのだが、要所要所で手助けをしてくれた。

私が川越同仁会病院に入院しなかったら、まず考えられなかっただろう。じつは、その前に県内にあるＴ病院に入院していた時もＰＳＷはいたのだが、何もしてくれなかった。Ｔ病院では、ＰＳＷがいて、看護師の方が自分に合った仕事まで教えてくれると聞いていたのだが、後でそのことを病院で聞いてもその看護師はいないの一点張りで、結局何もしてくれなかった。

私のような障がいを持つ者は、仕事も満足にできず、生活が厳しい。いくらかでもお金が入るのと入らないのとでは、全く生活が違ってくる。障害年金でも十分とは言えないのだが、ないよりあった方がましだ。仕事を見つけるまでの生活の足しになる。

病院は、その病院や医師の特質によって性格が全く異なる。自分と合わない病院に行くとえらい目にあうことが多々ある。私も転院を繰り返してきた。合う病院と合わない病院と両方を経験してきた。

合う病院に出会うのは至難の業だが、まずは一ヶ月通ってみて合うか合わないか、確かめるといい。副作用が出るような薬を出す病院は論外だ。事故に合う可能性が高いからだ。あとは、精神科の場合、ＰＳＷなどスタッフが充実している病院だ。川越同仁会病院の場合、スタッフが充実していて、看護師が優しいこと。ＯＴやデイ・ケアがしっかりしていた。なぜか、私の場合、デイ・ケアを使わせてもらえなかったが、通うと昼食が出るらしかった。

私が心に残った医療は、ＰＳＷの木村さんとの出会いだった。最近も元気に働いている姿を拝見して、とても嬉しかった。

躁鬱《そううつ》病（双極性障害）

私が自殺企図に走ったのは今から数年前のことである。明確に思い出せないのはその後、入退院を5回も繰り返したからである。最初は2001年にうつ病となり、同じ病院に通い詰めるも、セカンドオピニオンが聞きたくなり、別の病院に通い始めたところ、躁転と言って鬱と正反対の状況になってしまったのである。鬱と正反対ならいいと思われるかもしれない。ところが、周囲に迷惑をかけてしまうのである。自分は万能ではないかと思ったり、睡眠時間が極端に短くなったり、頭の回転は速くなる。自分なら普通やれないものを、いとも簡単にやれてしまうのである。とにかく、周囲に迷惑をかけてしまうのがこの〝躁状態〟なのである。こうした〝躁状態〟と〝鬱状態〟を繰り返すのが双極性障害（躁鬱病）なのである。

躁鬱病になるきっかけは、ストレスと睡眠不足が原因だが、筆者は長年にわたるストレスと睡眠不足が原因になって現れたようだ。きっかけは単純ではなく、まだはっきり解明されてはいない。原因の一つに遺伝子が考えられるということだ。幼児期の虐待との関係も未解明だ。有力なのは神経伝達物質の働きのトラブルだ。セロトニンなどの神経伝達物質がうまく情報を伝えられない状態にある。セロトニンの量ではなく、働きに不具合が生じていることが原因と推定されるという。

ともあれ、筆者の人生は躁鬱病によって大きく狂わされたのである。

そして、また多くの人が人生を狂わせられていることが、〝ノーチラス会〟という存在によってわかったのである。ノーチラス会は躁鬱病の当事者と家族の会である。全国に拠点ができるほど、ここ数年の間に著しく成長した団体である。

躁鬱病はいろいろな症状があるが、躁と鬱を繰り返す点では同じだ。

最高から最低まで気分が激変するから、たまったものじゃない。

まるでジェットコースターのようだ。躁の時は実現不可能な計画を次から次へと立ち上げる。鬱の時は何でこんな計画をしたんだろうと後悔するのである。というよりやる気が完全に失せてしまうのである。躁の時に退職し、鬱の時は計画を取り下げて迷惑をかけてしまったことが、過去にあった。どれも取り返しのつかないことである。躁の時はやめておけば良かった、鬱の時はやっておけばと後悔するのである。

このたび障がい者としての扱いがなされ、障害年金を頂いてどうにかこうにか暮らしているのが現状である。これがなかったらと思うとぞっとしてならない。とにかく、まともな職にはありつけないからだ。三年前にヘルパーの免許を取得したがこれも空手形になりそうだ。とにかく気分の波が大きすぎて仕事を安定して続けることができないからだ。今はA型事業所というところにお世話になり、何とかしのいでいるのが、現状である。

早く治療法を確立して、普通に暮らせる日々を待ち望むばかりである。

集団的自衛権

アメリカは9・11の大規模テロ事件でたくさんの密接に関係する国を巻き込んで中東まで戦争に出かけ、多くの戦闘員が死に、多くの民間人が亡くなった。日本も集団的自衛権によってこうした戦争に参加し、殺害したり殺されたり、テロ事件にあう可能性も出てきた。これからも反対し続けなければならないし、賛成した政党を記憶しておく必要がある。

世界中で行われている紛争はみんな集団で行われている。宗派間の対立など、集団同士で行われている。どちらが国家を制するかで対立している。イラクではイスラム教のシーア派とスンニ派が対立している。中国でも少数民族が国家に反発している。

集団的自衛権には多くの弁護士も反対している。それなのに、強硬に閣議決定して武力行使を推し進めている。集団安全保障に参加する可能性もある。日本の若者を戦地に送り込む可能性だってあるのである。

どうして、こんな野蛮なことを閣議決定ひとつの手段でやってしまうというのだろうか。もっと、正面から堂々と議論したほうがいいのではないだろうか。

むろん、私は憲法9条の「改正」には反対である。戦争の放棄こそが戦争に巻き込まれず、相手国の人をも傷つけずに済むからである。9条は世界に誇れるノーベル賞並みの憲法だからである。

首相は、新三要件として、①「我が国と密接な関係にある他国に対する武力が発生」した際、「我が国の存立が脅かされ、国民の生命、自由及び幸福追求の権利が根底から覆される明白な危険がある」場合に、②「これを排除し我が国の存立を全うし、国民を守るために他の適当な手段がないとき」に、③「必要最小限度の武力を行使すること」は自衛の措置として許される、という内容だ。かなり限定的になってはいるもののこれは友党である公明党に配慮したもので、集団的自衛権を縛るものに何らなっていない。

外交は、戦争を回避するために行うものであり、ぎりぎりまで戦争という手段を回避しなくてはならない。ところが、今の安倍政権を見ていると、「密接な他国」である中国や韓国との首脳同士の交流もままならない状況だ。これは外交努力を怠っているということである。逆に「密接な他国」を敵視してしまっているようなところがある。むろん、中国が尖閣諸島の領空侵犯を犯したり、韓国が竹島の実効支配を行っているところから見ても致し方ない面もある。そこを外交努力で解決するのが政府の役割ではないだろうか。

集団でやれば何をやっても構わないという発想自体、子供のいじめと同じだ。いじめは集団で行われる。ある人を孤立させ、自暴自棄にさせてしまう。これが国同士だと戦争に発展するのである。また、集団と集団との争いも発生することもあり得る。それがこれまでの戦争であり、残虐な悲劇を繰り返してきた人間の愚かさでもある。これにストップをかけさせようというのが、我が国の憲法9条だったはずだ。憲法9条こそがいかなる武力行使にも歯止めをかけてきたのである。今こそ、国民が「ノー」の声を上げなければならないのである。

解説

解説　林田悠来詩集『雨模様、晴れ模様』
傷から生まれた虹

佐相　憲一

晴れか雨か曇りか、ではなくて、雨と晴れと曇りが同時に進行しているような天気。そうした日には虹が出る。

人のこころもまた、くっきりとは分けられず、雨のなかに晴れがあり、晴れのなかに雨があったりするだろう。また、雨は雨でも疎外する雨と潤いの雨があるだろうし、晴れが爽快さだけでなく孤高の象徴にもなったりするだろう。

精神的な困難に苦しむ人が多数見られるこの世の中で、自ら精神病棟にも入った詩人・林田悠来氏のこころの雨模様、晴れ模様は、読んでみたくなる切実さをもっている。

詩集冒頭の詩「生活支援センターの一日」を全文引用しよう。

生活支援センターの一日

仕事がある人と仕事がない人がいる
朝、ぽつりぽつりと人が集まりだす
来るも来ないも自由だ
朝礼の後、ラジオ体操
そのあとカリキュラムがあり、出るも出ないも自由
ピア・カウンセリングや調理、メイク、新聞を読んだり
研修旅行に行ったりもする
カリキュラムがないときは
一人一人が思い思いのことをする
麻雀をする連中もいる
職員が相談にものってくれる
昼は食事の後、ストレッチ体操がある
夕方には一日の振り返りがある

時にはボランティアの人が話し相手になってくれる
ここは心に傷を負った人たちの憩いの場なのだ

精神に障がいをもつ人びとの交流は、一般社会に突き刺さる。傷つきやすいデリケートな人格をもって生きている限り、彼はぼくであり、彼女はあなたである。一種の極限状態を体験した存在がいたわり合う場には、本来この社会全体が目指すべき人間交流の大切な原点が見えるのではないだろうか。作者・林田氏は淡々と施設の一日を描写するが、とかく差別されやすい存在である精神障がい者の療養方向は、皮肉なことに社会一般の冷たい現状を風刺しているようにも読める。そのような意図は作者にはないかもしれないが、この情景の事実そのものが、この詩の場面のようにはいかない弱肉強食、蹴落としあいの社会を照射するのであった。

患者が抱える症状はさまざまだろうが、第I章「こころ模様」の詩群が伝えるものは、ほんのちょっとした運命で明日は我が身かもしれない読者にとって、他人事でないこころのリアリティと臨場感があるだろう。

苦しみながら、落ちこみながら、ひたむきに生き続けようとする心情を、作者は次のように表現している。第Ⅰ章の最後に収録された詩「雨の予感」全文である。

雨の予感

午前の晴れが急に変わって
曇り始めた
雨の予感

自分の部屋へと
自転車で帰る
自分の将来にも

雨の予感がして
不安でならない

部屋に着くと
雨がぱらぱら降り始めた
部屋で横になり
不安に駆られながら
体を回転させる

しばらくすると
天気は変わり
晴れてきた

自分の人生は
いかなる変化を遂げていくか

予想ができたらと
思うばかりだ

その思いをつないで、第Ⅱ章「人間模様」へと移ろう。一行四文字ずつ展開する詩「雨」は、前掲の「雨の予感」とつながっているが、より切羽詰まった、かなしみのトーンである。そんなかなしみを抱えながら、作者のこころは決して閉じない。母との桜を優しい気持ちでつづった詩「雪桜」、自分同様に家庭内暴力を父親から受けた妹の姿を刻印した「父逝って」、詩の世界で世話になった故人を偲ぶ「マルさん」「丸さん」など、近しい人を思う詩句にほろりとさせられる。

第Ⅰ章・第Ⅱ章と読み進めて分かるのは、この詩人は精神的な困難にあってなお、自他を客観視するすぐれた能力と、そこから印象深い情景を切り取って文学表現する鋭い感性をもっているということだ。古今東西の詩人には、精神的な病理もしくはその一歩手前を体験しながら名詩を記した人が少なくないが、林田悠来氏もまた、苦闘のなかで詩表現という選択をしてきたのだった。志が伝わってきてうれしく感じるのはぼくだけではあるまい。まっすぐな書き手は昨今貴重である。

このような詩世界が第Ⅲ章「社会模様」をも視野に入れているのは当然と言えるだろう。本当の痛みを生きる者は他者の痛みにも敏感だから、大きな社会矛盾に対しても痛みの眼が行くのだ。特定秘密保護法、安保法制という名の戦争法、平和憲法改悪、原発と核兵器、地震津波、主体的政治運動、といったテーマの詩を書く時も、作者は危険性を地球生命ごと我が身に引き受けるかのような切迫感で感じている。皮肉のきいた風刺も見せながら、他人事ではない我が命の一大事として書いている。詩「原子の祈り」のタイトルは微妙なニュアンスだ。原発を告発するだけでなく、物質のそもそもの基礎の一つである原子の側に立って、人間社会による悪用に悲しんでいるということを思わせる。原子自体が祈っているという発想は地球根源的な視野がないとできないだろう。第Ⅲ章最後の詩「心の闇」も、動植物のなかでの人間の野蛮さを指摘しながら、最後、〈その一人でもある／僕は大いに恥じる〉がずしりと重い。現代人間社会の内側からの批判は、大上段の正義の味方ではなく、そこで苦しみ、悲しむ一人の構成員からの偽らざる真情なのであった。日々、精神的なケアをしながらひたむきに生きる人が、ここまで社会や世界を思っていることに、ぼくは同世代の感銘も受ける。

第Ⅳ章の「エッセイ」群を読めば、具体的な背景も知ることができる。かつて専門紙の記者をしていただけあって、林田氏の論は明晰で親しみ深い。

新詩集『雨模様、晴れ模様』には直接の大きな救いは書かれていない。苦しい実態を扱っていながら悲惨ぶらずに淡々と書いているが、願いに満ちていて、時に正直に嘆く。ほっとする憩いに立ち止まる。実はこうした詩集全体の存在自体が救いなのだった。混迷を深める現代に、ほかでもない、このような詩人がいて、このような詩集があることが、少なくない人びとの生を励ますだろう。ぼくはそう信じている。

あとがき

　毎日暑い日が続いても確実に秋が近づいていることに気付く。空の営みは止むことがない。

　この夏は上陸した台風が多く、日本の国土にものすごい被災をもたらした。こうした災害に人間はどうすることもできず、ただ見ているほかない。一方、戦争や紛争は人間の手で止めることができる。なのに人間は止めようとせず、いつもどこかで犠牲者が出ている。災害は止めようがないが、事前の対策で避けることができる。人間同士の殺し合いは、その信じる思想そのものが変わらない限り、止めることができない。むしろ、災害より性質が悪いかもしれない。人は思想を持って生きている。それが世の中に役に立とうと危害を与えようとである。

　私たちは、無知の人たちに橋をかけなければならない。躁鬱病も脳内物質の変調が原因なのに、精神的なものと誤解されている部分がある。それを私は折に触れてつづってきた。また病院の様子もありのままに書いた。精神病棟はなかなか休ませてくれない。それはそれでいいのだろうが、鬱のように動けない患者も多い。少し休ませてほしいと思う。人間の営みだからうまくいかないことも多い。その解決に向けて努力を重ねなければならない。詩はコミュニケーションの一つである。それによって人の心を感動させることもできれば、物事のからくりを教えることもできる。本当は前者であるべきかもしれない。でも、この詩集は後者の方に傾いてしまった感もある。でも、それは、それで同じ病に苦しむ人や苦しむ患者の家族にエールを送ることも意味する。

人もまたそうであるように私も波乱の人生を生きてきた。私は五十にして、グループホームというところで、過ごすことを決意した。個人が自立していくための訓練機関である。もう、後戻りはできない。やるしかない。この病と対決するほかない。今後も詩を書き続けながら、生きていくことだろう。これは人生との対決になるだろう。今回も前回と同じく佐相憲一氏にお世話になった。病のせいで、メールの送り方を忘れてしまった私に辛抱強く付き合ってくださった。この場をお借りして感謝を申し上げる。読者の皆様に少しでも私のメッセージが届けば幸いである。

台風の切れ間の晴れの日に　二〇一六年九月

林田　悠来

林田悠来（はやしだ　ゆうき）略歴

一九六六年、東京都豊島区に生まれる。
十七歳の頃より詩を書き始める。
新聞記者を約十七年にわたってつとめる。
容器包装リサイクル法についての本を三冊出版、すべて完売する。
現在、就労継続支援Ａ型事業所「グースサポート」に勤務。

一九九一年、第一詩集『誇らかに、愛』（私家版）
二〇〇二年、編著『世界平和へのアンソロジー』
（日中韓英四ヵ国語版）（クリエイト日報）
二〇〇八年、第二詩集『水平線』（文芸社ビジュアルアート）

二〇一二年、第三詩集『晴れ渡る空の下に』（コールサック社）
二〇一六年、第四詩集『雨模様、晴れ模様』（コールサック社）

所属　日本詩人クラブ・日本現代詩人会・埼玉詩人会・
　　川崎詩人会・しずくの会

現住所
〒三五五—〇八一一　埼玉県比企郡滑川町大字羽尾三九三七—一
　　グループホーム森の家　林新次方

石炭袋

林田悠来詩集『雨模様、晴れ模様』

2016年11月8日初版発行
著　者　林田悠来
編　集　佐相憲一
発行者　鈴木比佐雄

発行所　株式会社 コールサック社
〒173-0004　東京都板橋区板橋2-63-4-209
電話 03-5944-3258　FAX 03-5944-3238
suzuki@coal-sack.com　http://www.coal-sack.com
郵便振替　00180-4-741802
印刷管理　（株）コールサック社　製作部

＊装幀　杉山静香

落丁本・乱丁本はお取り替えいたします。
ISBN978-4-86435-270-3　C1092　￥1500E